DISSERTATION
SUR LES CARACTERES
DE CORNEILLE
ET DE RACINE,
CONTRE LE SENTIMENT
DE LA BRUYERE.

Le prix est de 10. sols.

A PARIS,
Chez FRANÇOIS DELAULNE, Place Sorbonne, attenant le College de Cluny, à l'Image Saint François.
ET
JEAN MUSIER, à la descente du Pont-neuf, à l'Olivier.

M. DCC. IX.
Avec Approbation & Permission.

DISSERTATION SUR LES CARACTERES DE CORNEILLE ET DE RACINE, contre le ſentiment DE LA BRUYERE.

CEUX qui ont examiné la nature de la Tragedie, ont crû qu'elle étoit plus propre aux Etats populaires, qu'aux Etats Monarchiques; parce que les Republicains, nez dans la haine des Rois, prenoient plaiſir à les voir humiliez dans les malheurs où la Tragedie les repréſente.

Sur ce principe, les Grecs ne venoient point aux Théatres de Sophocle & d'Euripide, pour se laisser émouvoir par des objets pitoyables, mais pour satisfaire leurs sentimens de haine contre les Têtes couronnées, en les voyant tomber sous les plus rudes coups de la fortune : fin bien differente de celle que se proposoient ces deux grands Poëtes, ils vouloient exciter, & excitoient en effet la Terreur & la Pitié, qui sont des passions plus douces & plus sensibles, que ne le seroit le vain contentement d'une secrete malignité ; néanmoins le Spectateur n'auroit point senti ces passions interessantes pour un Prince malheureux qu'il eut été bien-aise de voir souffrir.

Cette raison montre assez, que la Tragedie n'est pas moins propre aux sujets d'une Monarchie, qu'à des Républicains, qu'autrement elle n'iroit point à sa fin, & que cet effet prétendu de flater la haine du peuple seroit moins agréable que celui qu'elle produit, qui est la crainte & la compassion.

Disons donc que cette Poësie fait les délices de toutes les nations où elle est connuë, & que cet amour a sa source dans le cœur de l'homme naturellement tendre, & compatissant aux malheurs & aux disgraces, qu'il éprouve lui-même.

C'est ce qui rendoit les Grecs si touchez de leurs spectacles, & ce qui nous fait tant aimer les nôtres, selon quelques-uns, plus parfaits que ceux d'Athénes. On accourt tous les jours aux représentations des Pieces de Corneille & de Racine, tout Paris y porte avec empressement ses suffrages, on les lit, on les apprend, on les étudie; & comme chacun veut connoître particulierement ce qu'il aime, on s'applique à leur caractere; entre plusieurs que nous avons plus ou moins sensez, on s'attache à celui-ci: *Corneille peint les hommes comme ils devroient être, & Racine les peint tels qu'ils sont.*

Bayle, Journ. de Janvier 1685.

La Bruyere, des ouvrages de l'esprit.

Ce jugement, tant on le croit seur, semble avoir déchargé le Public d'examiner jamais autrement la difference de ces deux celebres Ecrivains; je ne m'étonne pas qu'il se soit si bien établi, la molesse des esprits de ce siecle le favorise. On admire dans Corneille des sentimens dont on ne se croit pas capable; dans Racine le cœur saisit avidement les images des foiblesses qui sont en lui, & s'aveugle sur le reste. Voilà sur quoy est appuyé le jugement qu'a fait La Bruyere, j'entreprends d'en montrer la fausseté & la verité de celui qui lui est opposé. Assez d'illustres personnes, restes de ces anciens Romains, que la plûpart du monde ne conçoit aujourd'hui qu'en idée, penseront comme moi, & les autres se verront peut-être obligez de croire ce qu'ils ne s'imaginoient pas qu'on leur pût persuader.

Je prouverai donc que Corneille a peint les hommes tels qu'ils sont, & je montrerai le contraire dans quelques Pieces de Racine.

Les Caracteres ou les mœurs sont ce qui fait qu'une personne est d'une telle façon ; Aristote les appelle *les causes des actions.* * Si donc la plûpart des actions que Corneille a représentées sont vraies, il s'ensuit que les caracteres dans ces Pieces le sont aussi, par la liaison intime de l'effet & de sa cause. Un exemple va l'expliquer.

Tragedie d'Horace. Horace est d'une vertu feroce & barbare, il n'est occupé que des interêts de sa Patrie, prêt à tout sacrifier pour la servir. Dés qu'il est nommé un des trois combattans, son ardeur redouble, il croit que Rome, en l'honnorant de son

* Πέφυκεν αἴτια δύο τῶν πράξεων εἶναι, διάνοια καὶ ἦθος. Arist. de Poet. c. 6. p. 656.

choix, l'en a rendu digne. Quand Curiace s'abandonne à la cruelle pensée de ce que lui va coûter la deffense d'Albe, & qu'il se plaint que sa gloire consiste désormais à tuer le frere de sa maîtresse, Horace lui remontre que le sort mesure ses coups à leurs grandes ames; qu'au reste on se doit tout entier à sa Patrie, qu'il faut fermer les yeux sur ce qu'on a de plus cher, pour ne les ouvrir que sur elle; il lui en donne l'exemple, il oublie qu'il va combattre un parent & un ami tout ensemble.

Albe vous a nommé, je ne vous connois plus. Act. 2. Scen. 3.

Enfin il revient seul vainqueur des trois Curiaces. Enflé d'un succés qui assure la liberté de son païs, il rencontre sa sœur, il lui commande d'honnorer comme elle doit sa victoire. Camille plongée dans la douleur de son amant, fait éclater ses soûpirs & ses regrets, elle s'emporte jusqu'à souhaiter que la gloire d'un frere si cruel soit bien-tôt soüillée par quelque lâche action. Horace ressent cet outrage; mais il se contente de lui dire, qu'elle oublie la mort d'un amant, qui vient de rendre Rome triomphante. Rome, dit Camille, à qui tu as immolé mon cher Curiace, je la haïs, parce que tu l'aimes, & qu'elle t'honore, puissent cent peuples conjurez venir la détruire, puisse-t-elle renverser sur elle-même ses propres murailles, puissai-je voir expirer le dernier Romain,

Act. 4, Scen. 5. *Moi seule en être cause, & mourir de plaisir !*

Horace qui avoit renoncé aux plus tendres sentimens de la nature, pour deffendre Rome, n'en conserve pas, lors qu'il entend vomir contre elle des blasphêmes horribles, par une sœur qui noircit sa maison de ce deshonneur; il fremit de colere, & la tuë.

Dec. 1. l. 1. Tite-Live rapporte ainsi cette action: qu'est-ce qui la produit ? ce sont les mœurs d'Horace, je veux dire, sa vertu feroce & barbare. La verité de l'action emporte donc avec soi celle du caractere qui est sa cause.

Voilà déja un caractere qu'on doit reconnoître pour vrai : caractere cependant où la nature semble surmontée, où éclate pompeusement le devoir qui nous attache au service de la Patrie, jusques-là qu'un homme s'empresse de combattre pour ses interêts des parens qu'il cherit.

Par ce mot de parens, je n'entends pas

le mariage d'Horace avec la sœur des Curiaces, comme l'a supposé le Poëte en faveur de l'heureux personnage de Sabine, je l'entends selon l'Histoire. Voici ce qu'en dit Denys d'Halicarnasse. * *Un nommé Sequinius, d'Albe, eut deux filles* L. 3. *jumelles, dont il maria l'une à un de ses concitoyens, de la famille des Curiaces, & l'autre à un Romain, de la famille des Horaces. Du premier accouchement elles enfanterent chacune en un même jour trois fils jumeaux, qui furent ces six fameux combattans :* ils étoient donc cousins germains. J'ajoûterai que Denys d'Halicarnasse ne doute point, comme Tite-Live, que les Horaces ne fussent Romains, & les Curiaces Albains. Rentrons dans nôtre sujet.

La même raison qui prouve pour le caractere d'Horace, prouve aussi pour celui de Cleopatre dans Rodogue. A-t-on de la peine à croire que cette Reine ne soit autant charmée de la Couronne,

* Ὁρατίῳ γάρ τινι Ῥωμαίῳ καὶ Κορατίῳ τὸ γένος Ἀλβανῷ κατὰ τὸν αὐτὸν χρόνον ἐνεγγύησε θυγατέρας διδύμους Σεκίνιος Ἀλβανός. Τούτοις ἀμφοτέροις αἱ γυναῖκες ἐγκύμονες ἅμα γενόμεναι τοὺς πρωτοτόκους ἐκφέρουσι γονὰς ἄρρενα βρέφη, τρίδυμα καὶ αὐτά. Dyon. Antiq. l. 3. p. 150.

Appian. Alexand. in bello Syr.

que le Poëte la dépeint l'être ; puisque pour se la conserver elle tua son mary, Seleucus un de ses fils, & tenta d'empoisonner l'autre, avec Rodogune sa maîtresse, par une horrible dissimulation, dont on n'est pas surpris, aprés qu'elle a été à un si haut point dans Tibere, & Loüis XI.

On ne peut douter de ces preuves, à moins qu'on ne doute en même temps, que ce qui s'est fait se soit pû faire.

Examinons maintenant, si les autres caracteres de Corneille, peu ou nullement appuyez sur l'Histoire, ressemblent à ce que sont de grands hommes, & s'ils sont peints d'aprés nature.

La Tragedie d'Heraclius est toute d'invention, sous des noms veritables. Pulcherie est une Heroïne qui peut étonner par la grandeur de ses sentimens. Elle est fille de l'Empereur Maurice. Phocas, un miserable Centenier, a usurpé le Trône par le meurtre de son pere & de ses freres. Pour garder quelque apparence de justice qui éblouït le peuple, il vouloit rendre en quelque façon l'Empire à Maurice, en donnant Pulcherie à son fils, heritier de sa Couronne. Rien n'est plus naturel à Pulcherie que de braver Phocas, parce qu'elle est fille du Roy, & sœur des Princes qu'il a fait mourir; encore plus parce qu'elle auroit autorisé l'usurpation du Tyran, les bons sujets voyant sur le Trône la fille de leur veritable Empereur, y auroient souffert sans peine le fils de Phocas, à quoy elle devoit bien prendre garde dans un temps où il couroit des bruits, qu'Heraclius, un de ses freres, avoit échappé à la fureur de leur ennemi, & qu'elle sçavoit que le peuple se préparoit sourdement à le rétablir. Peut-elle donc tenir d'autres discours que ceux ci.

Tu me donnes, dis-tu, ton Fils & ta Couronne; *Act. 2. Scen. 1.*
Mais que me donnes-tu, puisque l'une est à moi,
Et l'autre en est indigne, étant sorti de toy?

. . . .

Je sçai qu'il m'appartient, ce Trône où tu te sieds,
Que c'est à moi d'y voir tout le monde à mes pieds;
Mais comme il est encor teint du sang de mon Pere,
S'il n'est lavé du tien, il ne sçauroit me plaire.

Quand Phocas lui donne le choix de la mort ou de l'Hymen, ces paroles-ci sont une suite necessaire de sa fermeté :

Il n'est pas pour ce choix besoin d'un grand effort,
A qui hait l'Hymenée, & ne craint point la mort.

Sans rapporter l'exemple de Nicomede & de quelques autres, celui-là seul de Pulcherie insinuë assez, que pour juger des caracteres de Corneille, il faut se remplir l'esprit des dispositions qu'il donne à ses Heros.

Tragedie de Cinna. Dans Æmilie, se représenter une Romaine, qui voit avec chagrin l'Empire du monde dans les mains d'un tyran qui a proscrit son pere ; elle appuye le penchant naturel de son zele à la vengeance, par son devoir qui la lui ordonne, & par les interêts publics mêlez aux siens ; toutefois pour se vanger, elle va hazarder un homme qu'elle aime encore plus qu'elle ne haït le tyran ; elle balance entre des sentimens si contraires, peu-à-peu elle se raffermit : enfin elle remet au sort le peril que court son amant, & se resout de mourir aprés lui, s'il perd la vie en son entreprise.

Il faut de même dans Cornelie se mettre devant les yeux une femme, qui joint à toute la hauteur d'une Romaine, celle de fille de Scipion; elle vient de voir sacrifier à la fortune de Cesar le Grand Pompée son époux; c'est-à-dire, un homme qui seul avoit été quelques jours maître de tout l'Univers, qui commandoit une armée, dont chaque soldat étoit né Souverain des Rois: alors on ne s'étonnera plus, que Cornelie relevée par toutes les grandeurs de la terre, parle si fierement à Cesar aprés son malheur. *Tragedie de la mort de Pompée.*

Cesar, car le destin qui m'outre, & que je brave,
Me fait ta prisonniere, & non pas ton esclave,
Et tu ne prétens pas qu'il m'abbate le cœur,
Jusqu'à te rendre hommage, & te nommer Seigneur. *Act. 3. Scen. 4.*

Parmi tant de fierté elle est genereuse: dés qu'elle a découvert la conspiration qui se formoit contre Cesar, elle l'en avertit; mais lui declare en même temps qu'elle sera éternellement son ennemie, qu'en détournant le coup qui le menaçoit, elle a voulu le reserver à la juste vengeance de Rome, afin que son châtiment effraya ceux qui oseroient jamais autant qu'il avoit osé.

Act. 4. Scen. 4.

Tu tomberois ici sans être sa victime,
Au lieu d'un châtiment ta mort seroit un crime,
Et sans que tes pareils en conçussent d'effroy,
L'exemple que tu dois periroit avec toy.

Mais il se pourroit faire que ni la fermeté de Pulcherie, ni l'humeur hautaine & le courage de Cornelie ne surprendroient point; on ne se récrie peut-être que sur l'amour, qui est presque toûjours soûmis au devoir & à la gloire dans les Heros de Corneille; au lieu que l'on croit qu'un veritable amour domine toute autre passion: ce qui fait paroître étranges les vertueux sentimens de Rodogune, qui ne veut point declarer à sa confidente même celui de Seleucus & d'Antiochus qu'elle préfere.

Tragedie de Rodogune.

Act. 1. Scen. 5.

De celui que je crains si je suis le partage,
Je sçaurai l'accepter avec même visage,
L'Himen me le rendra précieux à son tour,
Et le devoir fera ce qu'auroit fait l'amour.

Sa confidente la presse, & veut lui nommer celui qu'elle s'imagine être aimé, la Princesse l'arrête, & le lui défend, de peur que la rougeur ou l'indifférence, au nom qu'elle prononceroit, ne trahisse son secret, & qu'on ne lui reproche un jour, que ses vœux étoient pour un autre que pour son mary. Quoy, cette délicatesse n'a-t-elle jamais paru dans des Reines amoureuses de la gloire, & exposées à tous les yeux des peuples qui la donnent ?

Quand cette Princesse est en peril de perdre la vie par les artifices d'Arsinoé, & qu'Oronte Ambassadeur du Roy son frere lui remontre le pouvoir qu'elle a sur Seleucus & sur Antiochus les fils de son ennemie, que même pour regner elle n'a qu'à faire regner l'amour; Rodogune ne peut descendre jusqu'à cette indigne bassesse de flater les Princes ses amans.

Quelque soit le secours qu'ils me puissent offrir, *Act. 3. Scen. 3.*
Je croiray faire assez de le daigner souffrir,
Je verray leur amour; j'éprouveray sa force,
Sans flater leurs desirs, sans leur jetter d'amorce,

Et s'il est assez fort pour me servir d'appuy,
Je le feray regner, mais en regnant sur luy.

N'est-ce pas-là l'image de la fierté qu'inspirent l'honneur & le rang ; que si l'on ne m'accorde pas qu'elle aille si-loin, j'en appelle à la triste expérience des amans. La plûpart ne sçavent même que trop combien d'amours veritables cedent souvent, sinon à la vertu, du moins à la bienséance.

Ce n'est pas qu'il n'y ait des conjectures (comme seroient celles de vanger la mort d'un pere sur un amant qu'on adore) où un amour violent combat puissamment en secret des sentimens fort naturels ; mais quand on considere que le même instant qui ruine cet amour, devoit au contraire le rendre heureux, on pardonne volontiers à un cœur accablé de la mort d'un pere, & prêt à perdre, pour en tirer vengeance, le plus cher objet de ses desirs, on lui pardonne volontiers d'oublier un peu ce qu'il perd en faveur de ce qui luy reste, & de ne pouvoir bien démêler ses sentimens sur les deux passions qui le déchirent, lorsque ce cœur s'entretient seul, ou bien s'ouvre en confidence, pourvû qu'il ne ſuive que ſon devoir en public; car on a toûjours mis une grande difference entre penſer & agir. Les actions doivent être proportionnées à ce qui forme l'honnête; les penſées ſont libres, parce qu'elles ſont interieures & cachées, nous penſons en nous, nous penſons pour nous.

Il eſt aiſé de voir que je veux parler de Chimene. Sans m'engager dans un long détail, je dirai auſſi un mot de ſon amant.

Les judicieux Critiques du Cid aimeroient mieux qu'il eut préferé ſon amour à ſon devoir que non pas Chimene: *Rodrigue*, diſent-ils, *étoit un homme, & ſon zele qui eſt comme en poſſeſſion de fermer les yeux à toutes conſiderations pour ſe ſatisfaire en matiere d'amour, eut rendu ſon action moins étrange, & moins inſupportable.* Quand il ſeroit vrai qu'un homme amoureux oubliât tout pour ſe ſatisfaire, Rodrigue en ne vengeant point l'affront de ſon pere, ne ſe fût pas ſatisfait, c'eſt à-dire, n'eût pas poſſedé Chimene; parce qu'*un homme ſans honneur ne la meritoit pas*. De plus, parce que le Comte, de l'humeur dont il étoit, eut

Sentimens de l'Académie Françoiſe ſur le Cid. page 42. derniere édition.

engagé ailleurs sa fille pour braver encore Dom Diegue en la personne de son fils. Mais on ne pouvoit prévoir ces suites que par la reflexion? Aussi étoit-il impossible que Rodrigue n'en fit pas, avant que d'agir, sur un malheur tel que le sien ; il ruinoit donc également par-là toutes ses esperances : d'un autre côté, il tomboit dans un mépris general & éternel, de n'avoir pas vangé son pere du plus sanglant affront qu'un Gentilhomme puisse recevoir, & que la foiblesse de son âge auroit laissé impuni. Comment resister à ces considerations ? comment demeurer couvert de honte dans un Royaume tout plein des titres & de la valeur de ses ancêtres ? Les plus lâches craindroient un mépris si declaré.

Il est inutile de m'arrêter davantage sur les caracteres de Rodrigue & de Chimene ; j'ai tâché d'y montrer toute l'honnêteté qui pouvoit y être ; le cœur par soi-même y reconnoît assez la nature.

Revenons à nos Heros de l'ancienne Rome. Corneille, pour les mieux peindre, avoit, si l'on peut le dire, fondu dans sa tête les plus belles pensées des Historiens qui en ont parlé le plus noblement. J'ose hazarder cette conjecture, que les paroles magnifiques qu'il met dans la bouche de Sertorius, touchant son parti, étoient une trace de l'impression que lui avoit laissée un beau trait de Tacite touchant le Senat. Voici l'un & l'autre.

* *Croyez-vous que Rome consiste dans ces pierres & ces bâtimens que vous voyez. Ce sont des choses muettes & inanimées, qui peuvent être reduites en poudre & abolies; mais l'éternité de l'Empire reside dans le corps du Senat.* Tacit. Histor. l. 1.

Je n'appelle plus Rome un enclos de murailles,
Que ses proscriptions comblent de funerailles;
Ces murs dont le destin fut autrefois si beau,
N'en sont que la prison ou plutôt le tombeau.
Mais pour revivre ailleurs dans sa premiere force,

Tragedie de Sertorius. Act. 3. Scen. 1.

* Quid? vos pulcherrimam hanc urbem, domibus & tectis, & congestu lapidum, stare creditis? muta ista & inanima intercidere ac reparari promiscuè possunt: æternitas rerum.... incolumitate Senatûs firmatur.

Avec les faux Romains elle a fait plein divorce,
Et comme autour de moy j'ai tous ses vrais appuis,
Rome n'est plus dans Rome, elle est toute où je suis.

Corneille, à force d'étudier les Romains, avoit pris leurs mœurs. On sent aussi dans le moindre petit mot respirer leur veritable genie.

Lorsque le vieil Horace est au desespoir d'apprendre, que le dernier de ses fils a fuï devant les Curiaces, & qu'on lui demande ce qu'il vouloit donc que fit un homme resté seul dans un combat contre trois, il répond avec transport, qu'*il* Act. 3. Scen. 6. *mourut*; c'est-là l'heroïque qui est sans doute plus propre à la Tragedie, qu'une exacte fidelité en amour, sur laquelle roule toute une Piece de Racine.

Tragedie de Bajazet. Rozane a reçu un ordre d'Amurat, occupé à la guerre, de faire mourir Bajazet son frere, enfermé depuis longtemps dans le Serrail. Elle lui ouvre les portes de sa prison, & le met en état de monter sur le Trône, s'il veut lui promettre sa foy. Bajazet qui adore Atalide, ne veut rien promettre, & se retranche sur les sentimens de reconnoisſance. Rozane indignée de ſes froideurs, ſouſcrit à ſa perte, commande au Vizir de fermer le Serrail, & de faire rentrer les eſclaves dans leur devoir. Le Vizir découvre la cauſe de ce changement, il remontre à Bajazet, ~~qu'il favoriſoit~~, ce qu'il avoit à eſperer, & ce qu'il a maintenant à craindre; il le preſſe de promettre, & lui dit vingt fois, que quand il ſera maître de l'Empire, il le ſera auſſi de ſa promeſſe. Cet amant, ſans laiſſer voir la paſſion qui le retient, refuſe de ſe rendre aux remontrances de ſon ami. Atalide, allarmée du peril où eſt ſon amant, accourt à ſon aide, fait parler ſes ſoûpirs & ſes douleurs, le prie de contenter la Sultane. Bajazet s'obſtine encore plus à mourir fidele; ſon amante lui dit elle-même, qu'il peut vivre ſans la trahir.

La Sultane vous aime, & malgré ſa colere, *Act. 2. Scen. 5.*
Si vous preniez, Seigneur, plus de ſoin de lui plaire,
Si vos ſoûpirs daignoient lui faire preſſentir,
Qu'un jour.....

BAJAZET.

Je vous entens, je n'y puis conſentir.

Enfin pressé par les pleurs de sa maîtresse, il se resout à paroître devant Rozane. Comme on croit aisément ce qu'on souhaite, la Sultane n'apperçoit pas plutôt Bajazet, qu'elle s'imagine que l'amour seul le ramene; & sans qu'il témoigne aucune ardeur, elle reprend pour lui toute sa tendresse. Atalide apprend par le Vizir, qui ne sçavoit rien de son amour, la reconciliation de la Sultane & de Bajazet, & même que tous deux avoient marqué à l'envi leur joye & leurs feux, ce qui n'étoit pas; néanmoins elle le croit, quoi qu'elle dût assez connoître son amant, pour ne pas soupçonner qu'il eût paru veritablement amoureux; elle le voit, lui fait des reproches; son amant n'en peut souffrir l'injustice; & dans le temps que la Sultane, déçûë par son propre amour, vient le declarer Empereur dans le Serrail; il ne peut feindre un moment, & lui répond qu'il va attendre les effets de ses bontez, si sa complaisance & ses soins peuvent les meriter. Cette amante offencée rentre dans sa premiere fureur, jure sa perte. Atalide évanoüie lui fait découvrir sa rivale, elle le livre aux muets, & Bajazet perd ainsi la vie, l'Empire & sa maîtresse, biens qu'il se seroit conservez, en feignant quelque favorable disposition pour la Sultane, jusqu'aprés l'execution. Certainement les hommes ne ressemblent point à ce portrait, si ce n'est ceux qui habitent le païs du Tendre. *Roman de Mad. de Scudery.*

On peut dire que Racine n'a pas eu les veritables idées de la Tragedie, lors qu'il fait consister tout l'heroïsme à pousser des soûpirs, à être prêt de mourir d'amour, &c.

Antiochus est un Heros de cette nature. *Tragedie de Berenice.* Il a été vaillant autrefois ; mais depuis plus de cinq ans il n'est occupé que de son amour pour Berenice. Quand Titus l'eût emmenée à Rome, il gemit, pleura long-temps, la redemanda aux échos, aux bois, aux fontaines, à peu prés comme font les bergers de nos Idylles.

Dans l'Orient desert quel devint mon ennui ! *Act. 1. Scen. 4.*
Je demeurai long-temps errant dans Cesarée,
Lieux charmans où mon cœur vous avoit adorée.

Je vous redemandois à vos tristes Etats,
Je cherchois en pleurant les traces de vos pas ;

Mais enfin succombant à ma melancolie.
Mon desespoir tourna mes pas vers l'Italie.

Arrivé à Rome, il trouve Titus & Berenice charmez l'un de l'autre, il est agité des plus cruels déplaisirs, mais il aime son tourment, il languit trois ans dans de vaines esperances, oubliant le soin de son Royaume. Voilà un Heros de Racine : je me trompe fort cependant, ou les Heros ne s'oublient pas si long-temps.

Brantome, Hist. des femmes galantes, tom. 2.

Charles VII. ressembloit en quelque sorte à Antiochus, il s'endormoit dans les bras de la belle Agnés, & ne tenoit aucun compte de ses Etats. Cette genereuse maîtresse lui dit un jour, qu'étant encore fille, un Astrologue lui avoit prédit, qu'elle seroit aimée d'un des plus grands Rois de la Chrétienté ; que lorsque le Roy lui fist l'honneur de l'aimer, elle crut la prédiction accomplie ; mais que puis qu'il s'attachoit si-peu à la gloire, elle voyoit bien son erreur, & qu'il n'étoit pas ce Heros, mais que c'étoit sans doute le Roy d'Angleterre, qui faisoit de si beaux exploits, & lui prenoit tant de belles villes. Je m'en vais donc le trouver, continuoit-elle ; car il est celui qu'a entendu l'Astrologue. Ces reproches déguisez

déguisez réveillerent le Roy, il sortit de son assoupissement; & quittant ses jardins & sa maîtresse, il endossa le harnois, & chassa les Anglois de son Royaume.

C'est ainsi qu'un grand Homme, au moindre raïon de lumiere, rompt le bandeau qui l'aveugloit, & suit la raison; car l'amour n'agit pas toûjours en maître sur les grandes ames.

Cesar adoroit Cleopatre; aprés la journée de Pharsale il vient lui rendre hommage de sa victoire dans Alexandrie, il lui témoigne toute l'ardeur dont un amant est capable; mais il garde une entiere liberté sur son esprit, il calme les troubles de la ville, punit des desseins formez contre sa personne; il revient à sa maîtresse, bien-loin de s'abandonner au plaisir de soûpirer à ses genoux, il se prépare à poursuivre les restes du parti ennemi; mais en veritable amant, il veut faire servir ses travaux à son amour, c'est-à-dire, se rendre maître absolu de Rome, & la forcer ensuite à recevoir la Reine Cleopatre. *Tragedie de la mort de Pompée.*

Encor une défaite, & dans Alexandrie *Act. 4. Scen. 3.*
Je veux que cette ingrate en ma faveur vous prie,
Et qu'un juste respect conduisant ses regards.

A vôtre chaste amour demande des
Cesars.

» Si pour vaincre il faut m'éloigner
» de vous, au moins aurai-je la conso-
» lation de ne vaincre que pour vous
» meriter.

Permettez qu'à ces douces amorces
Je prenne un nouveau cœur & de nouvelles forces,
Pour faire dire encore aux peuples pleins d'effroy,
Que venir, voir & vaincre est même chose en moy.

L'amour augmente son courage, bien-loin de lui ôter les sentimens de l'honneur, & l'on voit dans sa conduite celle d'un grand homme quand il aime.

Les Caracteres de Racine dont je viens de parler, pour être faux, ne laissent pas de plaire beaucoup, parce que l'amour n'est pas moins general qu'agréable, & que les images de cette passion flatent d'autant plus la tendresse qui est en nous, qu'elles sont plus vives & même plus grossies. Toutefois le public sçait mettre le prix à une certaine complaisance amoureuse qu'excite Racine, & aux fortes impressions que Corneille mêle à cet interêt de cœur; le Theatre n'est jamais si rempli que lorsque l'on joüe les pieces de celui-ci. En effet ne prend-on pas un plaisir plus raisonnable à voir dans une même action une femme animée d'une vengeance legitime, qu'elle veut executer par son amant; cet amant entraîné par l'amour, mais retenu par sa reconnoissance: d'un autre côté le maître du monde, qui délibere avec deux amis de quitter l'Empire, & qui aprend un moment aprés, que l'un ne lui a conseillé de le retenir, que pour le lui arracher avec la vie; les perplexitez où le jette la perfidie de son ami, & celle d'une fille qu'il a élevée, le moïen que lui inspire l'Imperatrice, de se mettre a couvert désormais de tout attentat, en pardonnant à ces derniers conjurez, & en les accablant de bienfaits; la peinture d'un affreux Triumvirat, celle d'une ambition assouvie, & des embarras du Trône: tout cela ne produit-il pas un plaisir plus raisonnable, que les jalousies, les transports, les chagrins, les craintes d'une maîtresse, & de deux fils rivaux de leur pere?

Tragedie de Cinna. *Æmilie.* *Cinna.* *Auguste.* *Cinna.* *Livie.* *Tragedie de Mithridate.*

Pour faire d'une intrigue amoureuse une Tragedie qui attendrisse, il n'est besoin que d'esprit & d'une versification douce & coulante ; mais pour attendrir, ébranler l'ame en même temps, & élever le courage, il faut le genie tragique aussi particulier que l'est celui de Poëte. Je ne veux pas dire que Racine n'ait été que Poëte & bel esprit, je reconnois cet autre genie necessaire dans Britannicus, Iphigenie, Phedre, & Hippolite, & dans Andromaque ; mais il ne lui étoit pas si naturel qu'à Corneille. Il revenoit toûjours à son caractere dominant : ses succés ont trompé des Auteurs de ce temps, qui n'ont ni sa delicatesse, ni son art ; ils ont gâté de bons sujets, en y mettant l'amour à toute outrance : par exemple, Un Roy, qui aprés dix ans d'absence, revenant dans son Royaume, est battu d'une furieuse tempête, promet à Neptune de lui immoler le premier de ses sujets qu'il rencontrera, s'il le sauve du naufrage. Son vœu est exaucé : à quel prix, helas ! Le premier qu'il rencontre c'est son fils, qui vient se jetter dans ses bras. Tandis qu'il ne sçauroit se resoudre à l'immoler, le Dieu se vange de ce retardement par la mort prompte d'un grand nombre des sujets de ce Roi infortuné, qui ne peut conserver le reste qu'en tuant son propre

Tragedie d'Idomenée.

fils : voilà de quoi faire une belle Tragedie. Mais s'il étoit possible d'ajoûter aux malheurs de ce Prince, n'ajoûteroit-on pas à la beauté de l'ouvrage ? Voïons donc ce qui peut rendre son sort encore plus digne de compassion ? *Il aime*. Quand j'entendis ce Heros, à la Comedie, faire cette belle declaration à son confident, je lui aurois volontiers répondu tout haut : Ah ! Seigneur, je veux bien que l'amour soit de tous vos maux le plus cruel ; c'est ce comble-là même de malheurs qui seche mes larmes ; je cesse de voir en vous un Heros, un Roy, un pere miserable ; je n'y vois plus qu'*un amoureux en cheveux gris*.

L'Auteur de cette Piece a suivi le même systême dans sa derniere ; & cela vient en partie d'une trop grande précipitation à devenir Auteur tragique. * Platon la blâmoit de son temps d'une maniere assez convenable au nôtre. » Il feint

Tragedie d'Electre

* Τί δ' εἰ Σοφοκλεῖ αὖ προσελθὼν καὶ Εὐριπίδῃ τις λέγοι ὡς ἐπίσταται περὶ σμικροῦ πράγματος ῥήσεις παμμήκεις εἰπεῖν καὶ περὶ μεγάλου πάνυ σμικράς· ὅταν τε βούληται οἰκτρὰς καὶ τοὐναντίον, καὶ αὖ φοβερὰς καὶ ἀπειλητικὰς, ὅσα τ' ἄλλα τοιαῦτα· καὶ διδάσκων αὐτὰ, τραγῳδίας ποίησιν οἴεται παραδιδόναι; ΦΑΙ. Καὶ οὗτοι ἂν, ὦ Σώκρατες, οἶμαι καταγελῷεν, εἴ τις οἴεται τραγῳ-

» dans son Phedre, qu'un jeune Poëte » va trouver Sophocle & Euripide, & » qu'il leur dit : je fais passablement des » vers ; je sçai étendre un petit sujet » dans mes descriptions, & en reserrer » un grand ; je sçai rendre les choses » pitoïables, terribles, menaçantes ; je » m'en vais donc faire des Tragedies. » Sophocle & Euripide lui répondent : » N'allez pas si-vîte, la Tragedie n'est » pas ce que vous pensez ; c'est un seul » corps composé de parties differentes, » & bien assorties, dont on fait un » monstre, quand on ne sçait pas les » ajuster. Vous sçavez ce qu'il faut sça- » voir avant que d'étudier l'art de la » Tragedie, mais vous ne sçavez pas » encore cet Art.

Le Lecteur me pardonnera, s'il lui plaît, cette digression, qui s'est offerte d'elle-même. Nous disions que Racine a tourné tous ses sujets sur l'amour ; par-là il a quelquefois rendu les hommes méconnoissables, à plus forte raison les

δίαν ἄλλο τι εἶναι ἢ τὴν τούτων σύστασιν πρέπουσαν ἀλλήλοις τε καὶ τῷ ὅλῳ συνισταμένην. Et plus bas en parlant de la Musique : Τὰ γὰρ πρὸ ἁρμονίας ἀναγκαῖα μαθήματα ἐπίστασαι, ἀλλ᾽ οὐ τὰ ἁρμονικά. Plato in Phædro.

Heros. On a beau dire qu'il y en a de plusieurs sortes. Il est, à la verité, des Horaces furieux pour le bien public, des Curiaces passionez pour leurs maîtresses, & fideles à leur devoir, quelques plaintes qu'ils fassent de leurs malheurs; mais il n'est point d'Antiochus ni de Bajazets. Je croi avoir prouvé en parlant d'eux, que Racine n'a pas peint les hommes, même en general, tels qu'ils sont, & dans les endroits où il peint le mieux les passions: combien n'est-il pas inferieur à Corneille, qui *semble descendre dans le cœur pour les y voir se former?* Je rapporterai ce qu'il dit de la simpathie, quoique ce soit dans une Comedie, il n'y a rien qui ne nous convienne.

S. Evremont: Dissert. sur le Grand Alexandre.

Quand les ordres du Ciel nous ont fait l'un pour l'autre,
Lyse, c'est un amour bien-tôt fait que le nôtre;
Sa main entre les cœurs, par un secret pouvoir,
Seme l'intelligence avant que de se voir.
Il prépare si-bien l'amant & la maîtresse,
Que leur ame au seul nom s'émeut & s'interesse;
On s'estime, on se cherche, on s'aime en un moment,

Suite du Menteur. Act. 4. Scen. 1.

Tout ce qu'on s'entredit, perfuade aifément,
Et fans s'inquiéter de mille peurs frivoles,
La foy femble courir audevant des paroles,
La langue en peu de mots en explique beaucoup,
Les yeux plus éloquens font tout voir tout d'un coup ;
Et de quoy qu'à l'envi tous les deux nous inftruifent,
Le cœur en entend plus que tous les deux n'en difent.

Ce qu'il y a de plus caché & de plus delicat ne lui échape point. Je citerai deux vers, dont je ne me fouviens qu'avec plaifir. Pauline allarmée de l'entrevûë de Polyeucte fon mari, & de Severe qu'elle a tant aimé, craint tout de l'envie que peut avoir l'un, & de l'ombrage que peut prendre l'autre; bien-tôt elle s'accufe d'injuftice de leur imputer des ames vulgaires.

Trage-die de Polyeucte

Act. 3. Scen. 1.

Ils fe verront au Temple en Hommes genereux ;
Mais, las! ils fe verront, & c'eft beaucoup pour eux.

Peut-on mieux faire fentir l'impreffion

que laisse la qualité de Rivaux dans les cœurs des plus braves & des plus honnêtes gens ?

Je m'arrêterois, avant que de finir, aux caracteres de la Tragedie d'Othon, si l'usage des Cours & du monde n'apprenoit assez les intrigues de ceux qui n'agissent que selon leurs interêts particuliers. D'ailleurs, comme cette Piece abonde plus en choses qu'en mots, je ne pourrois en rapporter quelques endroits, qu'en en laissant un grand nombre de plus beaux : car Corneille a ceci d'admirable, que ce qu'un personnage y dit, semble sans réponse, & qu'on entend aprés dans la replique, quelque chose encore de plus fort, tant est grande sa penetration. Par exemple, Galba étonné de la prompte revolte d'Othon, soupçonne Camille sa niéce d'y tremper, elle se justifie, & tâche de rejetter sa défiance sur Vinius, Galba lui répond :

Tragedie d'Othon. Act. 5. Scen. 1.

Vinius par son zele est trop justifié,
Voyez ce qu'en un jour il m'a sacrifié ;
Il m'offre Othon pour vous qu'il souhaitoit pour Gendre,
Je le rends à sa fille, il aime à le reprendre ;
Je la veux pour Pison, mon vouloir est suivi,

Je vous mets en sa place, & l'en trouve ravi,
Son ami se revolte, il presse ma colere,
Il donne à Martian Plautine à ma priere,
Et je soupçonnerois un crime dans les vœux
D'un homme qui s'attache à tout ce que je veux !

CAMILLE.

Qui veut également tout ce qu'on lui propose,
Dans le secret du cœur souvent veut autre chose,
Et maître de son ame, il n'a point d'autre foy,
Que celle qu'en soi-même il ne donne qu'à soy.

Toutes les Tragedies de Corneille ont ce merveilleux que je viens de remarquer : celle-ci n'est pas, à la verité, la plus agréable, mais c'est peut-être la plus belle & la plus utile. La plus fine politique s'y dévelope ; ceux qui ont part au Gouvernement s'y instruiroient avec plus de succés, que n'auroit fait Denys le Tyran dans une Comedie d'Aristophane, intitulée les nuées, que Platon lui recommandoit de lire, pour apprendre l'art de regner. Ses autres pieces ont la même utilité; & M. le Maréchal de Grammont avoit raiſon de dire, que *Corneille merite d'être conſervé dans le cabinet des Rois.*

Ce celebre Poëte eſt plein de maximes, de preceptes, & d'exemples, il a traité de grands interêts, a placé l'amour avec bienſéance, & ne l'a employé que comme un ornement; au lieu que Racine en a fait ſon premier objet, ce qui ſent plus le Roman que la Tragedie. Puis donc que Corneille repreſente ce que ſont de grands Hommes avec toute la diverſité que la nature met dans ſes ouvrages; & que Racine groſſit étrangement les images des paſſions tendres, & qu'il repréſente quelques Heros de Roman, c'eſt-à-dire des hommes imaginaires, je m'étonne que La Bruyere, qui étudioit le cœur humain, ait avancé que le premier ſuivoit ſes propres idées, & & que celui-ci imitoit la nature; je m'en étonne, dis-je, à moins que cet Auteur de Caracteres ne reſſemble en quelque ſorte à Montaigne, dont on a dit qu'il connoiſſoit bien les petiteſſes de l'homme, mais qu'il en ignoroit les grandeurs.

FIN.

APPROBATION.

JE n'ai rien trouvé dans cet Ecrit qui puisse en empêcher la publication, ce 2. Juin 1709.

BAUDELOT.

PERMISSION.

VEu l'Approbation de M. Baudelot. Permis d'imprimer, ce 2. Juin, 1709.

M. DE VOYER D'ARGENSON.

www.ingramcontent.com/pod-product-compliance
Ingram Content Group UK Ltd.
Pitfield, Milton Keynes, MK11 3LW, UK
UKHW020458230726
13925UKWH00005B/2023

9 782014 063165